1

파란 하늘 푸른 밤 깊은 바다

발　행 | 2021년 10월 7일
저　자 | 박선우
펴낸이 | 한건희
펴낸곳 | 주식회사 부크크
출판사등록 | 2014.07.15.(제2014-16호)
주　소 | 서울특별시 금천구 가산디지털1로 119 SK트윈타워 A동 305호
전　화 | 1670-8316
이메일 | info@bookk.co.kr

ISBN | 979-11-372-5865-5

www.bookk.co.kr
ⓒ 박선우 2021

파란
하늘

푸른
밤

깊은
바다

박선우 씀
@_be_sunrise_

목차

여는 글

누군가는 끊임없이 망설였을, 꺼내지 못하고 삼켜냈을 찬란한 문장들을 담고 싶었다.

당신이 파란 하늘에서, 푸른 밤 동안, 깊은 바다 속에 펼쳐 놓을 감정들을 띄워 보낸다.

청춘

다시금 돌아온 계절
수많은 밤을 지새우고 나를 찾아온 계절

누군가의 마지막과 함께 피어난
이 계절의 끝은 어디일까

나는 오로지 너를 위해
따뜻한 이 계절에 피어 있어

나의 푸른 봄은
너를 찾기 위해 달려갔던
수많은 엇갈림 이었던 거야

미지근한 봄

나는 미지근한 온기로 봄을 느낀다
찬기가 가신 기분 좋은 봄바람은
나를 간지럽힌다

너 또한 그랬다

너는 뜨겁지도 차갑지도 않았으며
부드러운 미지근함으로 나를 간지럽혔다

너는 잠시 스쳐 지나가는 봄처럼
우리 사이가 더워질 때 즈음
하늘거리는 민들레 홀씨처럼 너울너울 날아가 버렸다

너는 봄이었고
나에게 봄바람이었으며
우리는 한 송이 민들레였다

너는 드넓은 하늘을 날아가서
또 다른 민들레를 뿌리 내리게 하겠지

나의 계절

따뜻하게 길어지는 햇볕이
어쩌면 그러한 볕 때문에 붉어진 얼굴이
다시 봄이 찾아왔음을
새로운 계절이 불어왔음을
온 세상에 밝힌다

그런데도 난 아직
시린 나무가 깊게 그림자를 드리워
서럽게 얼어버린
대차게 내렸던 눈이 스며들지 않고 겉돈 채
밟히고 눌려 단단해져버린

네가 주었던 나의 겨울에 머문다

과연 내가 네가 없는
새로운 계절을 맞을 수 있을까

감히 내가 네가 없는
따뜻한 계절을 바랄 수 있을까

\#

다시금 봄이 휘날려온다.

꽃에게

꽃아 시들지 말아라

옅게 불어오는 바람에
꺾이지 말아라

말라갈수록
말라갈듯해

어느 날이든
어느 계절이든

고개를 세우고
내리쬐는 햇살을 머금고만 있어라

향기는 내게
짙게 배어만 있어라

마르지 않고
날아가지 않게

네가 꽃망울을 피우는 어디서든
내가 널 맡을 수 있게

오래도록 내게 어려만 있어라

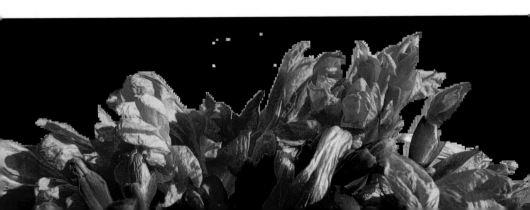

가장 예쁜 마음

가장 예쁘게 피어난 마음을
가득 넘치게 담아서 주려고

마음의 공간이 흘러넘치기 직전까지
소중히 차곡차곡 모았다가

너를 닮은 예쁜 날
너에게 가득 쥐여 줄게

가장 어두운 시간에
네가 꺼내볼 수 있게끔

나중에 그날을 펼치며
멋쩍은 웃음이라도 지을 수 있도록

너를 생각하는 가장 예쁜 마음으로
그 어두운 시간에 다가가 엷은 별빛이 되어 줄게

장미

말간 빨간색인가
아님 진한 꽃분홍색이던가

향기는 어땠지
부드럽고 달던 봄바람의 향기였나
여름의 시원한 밤공기 향기였나

언제쯤 피더라
곳곳에 봄이 만발할 때 즈음인가
따뜻함의 여운만 남기고 끝나갈 무렵인가

또 언제쯤 지더라
손을 맞잡지 않고서도 더워질 때인가
마지막 꽃송이를 주기에는 쌀쌀한 때인가

봄밤

마지막으로 휘날리는 봄기운과
꽃송이를 떨구고 푸르러지는 잎사귀들

이대로 떠나보내기 아쉬워
봄의 옷자락을 잡아보려 하지만

잡히지 않아 봄내음을 쥐고
여름의 볕으로 아쉬움을 녹여 본다

계절을 거쳐서 다시 너를 보려면
얼마나 많은 밤을 보내야 할지

괜스레 너를 안고 싶어지는 밤이라
자취만 남은 공기를 머금는 날이다

풋사과

내 옆에 네가 있었던
네 옆에 내가 있었던

우리가 함께였던 설익은 추억을 더듬어 본다

아직은 조금 서툴러서
서로에게 흠집을 냈던 우리

흠집을 내고 있는 것도 모른 채
아프기만 했던 우리

그럼에도 알아서 잘 아물기를
기다리기만 했던 우리

한 입 베어 문 사과는 시기만 하다

깊은 속에 넣어 두면 알아서 잘 익을 줄 알았다
그때로 다시 돌아간다면 기다리기만 하지는 않을 텐데
어쩌면 우린 더 깊게 익었을 텐데

라일락에 취해

아직 채 다 피어나지도 않은
라일락 다발을 한 아름 안고
흠뻑 향내에 취해 나에게 안기던 너에게
내가 말하지 못했던 말은 무엇이었을까

아직 꽃망울을 다 피워내지도 못하고
말라버린 보랏빛 작은 꽃잎이
바람에 스쳐 바스락댄다

라일락이 만발한 어느 봄날이든
어김없이 난 너를 떠올릴 수밖에 없겠지

라일락의 향내에 취해 네가 짓던 웃음에 취해
난 영원히 널 추억할 수밖에 없겠지

라일락 내음

벌써 꺾여버린 지 오래된
라일락 몇 송이를 부스러뜨리고
여운에 취해 너에게 안기고 싶은 나에게
너는 어떤 향기를 가져다 줬었을까

금세 꽃망울을 터뜨려
넘실대는 꽃잎의 물결 짓는 파도가
바람과 맞닿아 보랏빛 향을 놓는다

라일락이 만발한 어느 봄날에
가끔 난 너를 잊을 수밖에 없겠지

그 향내를 쥐고 내가 짓는 미소를 머금고
난 영원히 널 삼켜낼 수밖에 없겠지

작달비

떨어지는 빗물이 말라갈 즈음에는
당신을 잊었을까요

옷깃을 적시며 살갗에 닿는 빗물이
아직은 차갑습니다

텅 빈 하늘을 쭈뼛이던 마음은
끝없이 하얗고 너른 구름을 날아

당신을 만나 물방울을 맺었지만

세차게 쓸려갈 마음을 아는 듯
차갑게 젖어들은 공기 속에서
물방울이 무겁게 나를 건드립니다

작별 인사라도 하듯 굵은 빗줄기가
소란하게 시끄럽힙니다

꽃비

하루 종일 꾹꾹 삼켰는데
예기치 못한 곳에서 쏟아진 비

금방 그칠 소나기일지
꽤 오래 내릴 장마일지
알 수 없지만

떨어지는 빗방울에
작은 꽃이 피어난다면

빗줄기는 비로소 꽃잎이 된다

동트기 전 새벽녘

동트기 전 새벽녘
닿지 않고 갈 곳 없어
허공을 맴도는 마음을 포기할 때까지
얼마나 웃을 수 있었는지

빛깔이 모호한 밝은 밤하늘
그럼에도 빛을 내어주던 별들에게서도
너를 찾아내어 수줍어했던 나는
얼마나 슬퍼할 수 있었는지

동이 트기 직전 해에게 묻고
빛을 쏘아 올린 이름 모를 별들에게 묻고

나에게 되묻는다
또다시 동이 틀 때까지

밤 오기 전 해질녘

밤 오기 전 해질녘
받을 수 없고 담을 수 없어
허공을 맴도는 마음을 애써 외면할 때까지
얼마나 사랑할 수 있었는지

마지막으로 붉게 타오르는 하늘
그럼에도 점차 어두워지는 지평선에서도
희미해져가는 너를 찾아냈던 나는
얼마나 한탄할 수 있었는지

뜨겁게 타올랐던 노을에게 묻고
그래서 재만 남아버린 밤에게 묻고

너에게 되묻는다
또다시 밤이 올 때까지

구름

사실 구름은 여러 겹이야

보이는 건 하늘 한 편을 가득 채우는
새하얀 구름 한 점이지만

투명한 하얀 빛으로
안온하게 서로를 감싸는 구름은

겹쳐져 광활한 하늘이 되기도
흩어져 아득한 별이 되기도

새벽

모두가 잠든 조용한 주말 새벽에
새까매진 하늘과 함께 창문을 살짝 열어놓은 뒤
시원한 새벽 공기를 쐬며 두꺼운 이불을 덮고
좋아하는 책 한 권을 꺼내서
야금야금 아껴 읽는 것을 좋아해요

마음에 드는 구절이 있으면
잠시 책을 덮고 눈을 감은 뒤
천천히 그 문장을 감각하는 것을 좋아해요

때로는 여러 가지 표현법이 멋들어지게 들어간
살랑거리고 섬세한 글을 읽기도 하고

투박하지만 진심만을 내놓은 글
어쩌면 담담하게 풀어내어 더욱 와닿는 글을 읽기도 해요

가끔은 일기장을 펼쳐요
빼곡히 눌러 담은 진심은 그날의 바람과 맞닿은 힘이 있어
꽤 오래 지났는데도 방금처럼 생생할 때도 있죠

그 포근한 시간들은 긴 새벽을 수놓아
어두운 하늘을 비워내고 달아오르는 태양을 띄워
내가 다시 길을 찾을 수 있도록 밝혀 줘요

쉬이 잠에 들지 못하는 이 밤
당신의 새벽에도 포근함이 찾아가기를

바다의 손끝

바다의 손끝에 닿았던 수평선
그 끄트머리에 닿기까지
무수한 파도가 쳤겠지

또 수많은 파도가 합쳐지고
다시 끝과 끝으로 멀어졌겠지

진심은 파도 속에 자취를 감춘 채
고운 결을 휘몰아치고

바람이 불어 주는 느루한 숨결에
가까스로 수평선에 닿았겠지

\#

어떤 감정을 바닷물을 삼키는 것과 같아서
마실수록 갈증이 난다

마른 비

갈 곳 없는 빗방울은 나에게 맺히며
소리 없이 비가 내린다

먹먹히 젖어들은 수면 위로 닿는 바람은
한없이 건조하기만 하다

쉴 틈 없이 메말랐다가도 금세 굵은 빗줄기가 쌓여
찰랑거리는 마음을 따라 비바람이 휘몰아쳐도

마르지 않을 물결을 그리며 잔잔히 비가 내린다

우리가 날아갈 수 있다면

나를 짓누르는 공기는
내쉴수록 무거워져 휘청거린다

우리가 공기보다 가벼워
하늘 높이 날아갈 수만 있다면

저 멀리 날갯짓하는
이름 모를 새처럼
날아갈 수 있을까

바람에 부딪혀
휘날리는 고엽처럼
부스러질 수 있을까

구겨진 하얀 종이비행기처럼
곤두박질칠 수 있을까

파란 하늘 푸른 밤 깊은 바다

덜 닫힌 창 사이로 스미는 파랗게 물든 하늘이
밝기만 하다

짙게 멍든 내 마음을 아는지 모르는지
푸르기만 하다

네가 나를 파랗게 칠했나
진파랑 하늘을 헤엄치며
내가 나를 파랗게 칠했나

쏘아올린 작은 별빛이 날카롭게 하늘에 상처를 내는 밤
이대로 검푸른 하늘을 헤엄쳐 볼까

손길이 닿지 않은 숨

색색의 물먹은 봉오리가
이슬을 툭
고개를 넘어뜨리고

발자국 하나 남지 않은
자연의 황야 위
물기 어린 파란 초들이 무성히 피어
벌판을 장식하네

하얗게 젖은 산이
서늘게 숨을 내뱉으면
끝없는 강은 그 숨결을 따라 흘러
나에게로 닿는 바람이 되리

  간밤에 내린 장대비의 여운과 물 맞은 들꽃들의 미묘한 단
내가 섞인 촉촉하고 부드러운 공기가 만연하다.

  담장에 드리워진 장미인지 이름 모를 하얀 들꽃들인지 어
쩌면 젖은 나무나 잡초인지도 모르지만

  비에 젖은 자연은 나를 그들에게 녹아들게 한다.

희미한 하늘

문득 올려다 본 하늘에는 어느새
이제 막 물들기 시작해 고르지 않은
색색의 어둠만이 머무른다

아쉬움이 많던 오늘의 여운을 남기듯
꺼질 듯 꺼지지 않고 희미하게 머무른다

우리는 그런 희미한 하늘을 바라보는 일이 잦았다
희미한 하늘이 얼마 안 가 꺼져 버릴 것을 알면서도

그 밤 묻어나던 이른 가로등 불빛만이 우리에겐 선명하다

뜨거운 여름이 식으면 가을바람이 불어올까요

끝나지 않을 것만 같았던 여름도
선선해진 시간의 바람에 식어갑니다

나는 오늘도 당신을 기다리며
바람이 불어올까 초조하고
또 기대하고 실망하고

내 멋대로 그렇게 판단해 놓고선
간지럽히는 선선한 바람에 또 슬며시 미소 짓고

알다가도 모르겠을 바람의 마음에
또 불어올 당신의 마음에 기대어

눈을 감고 가만가만 눕고 싶은 하루

당신이 없는 차가운 여름이 지나면
조금은 따뜻한 가을바람이 불어올까요

바람

휘날리듯 나에게 스며와
한동안 주변을 맴돌다
저 멀리 풍기는 푸른 내음만 쥐여 주고
다시 휘날리듯 날아가 버린

보이지 않는데 어떻게 잡을 수 있겠어
머리카락을 휘감아 헝클어 놓고서는
내게 짙은 여운만 남기고 고요해지는데

손끝으로 느껴지는 감각
언제 불어닥칠지 모를 폭풍
두 눈을 닫고 스치는 감각에 집중해
이제는 내가 살금 다가간다는 걸 알아채지 못하게

\#

부드럽게 너에게 다가가
한참을 망설이다
너는 푸르게 피어 있는 잎사귀를 닮았다고
말해주고 싶었어

보이지 않더라도 알아봐주기를 바랐던 탓에
잘 안 돼서 심술을 부려놓고서는
잠잠해질 수밖에 없어서 미안해

너를 감싸는 섬세한 바람결
이제 조금 더 깊게 너에게 불어오게
두 눈을 열고 보이는 너에게 집중해
살금 다가오는 너를 알아볼 수 있게

잊다, 잃다

갓 푸른 기가 도는 어린 이파리에
옅은 바람이 새겨질 때
나는 당신을 새깁니다

붉게 해가 드는 방 걸어놓은 햇빛이
저무는 구름을 따라 휘청거릴 때도
나는 당신을 잡으려 휘청입니다

그런데

날이 밝고 다시 어두워지면서
나의 작은 숨결을 뱉을 때조차도 나는
당신을 잊어버릴까 두렵습니다

잃고 싶지 않아 잊고 싶지 않음을
너무도 늦게 깨달아 버린 터

오늘도 당신을 잃어버릴까 두렵습니다

11월의 민들레

가을바람 서서히 차가워질 때
노릇노릇 피어난 민들레 한 송이

새빨간 단풍 옆에서 서서히 물들어 가다
겨울을 맞으며 하얗게 바랜

찬바람에 민들레 홀씨
바람결 타고 날아가는데

네가 닿을 곳이
겨울이 아닌 봄이면 좀 좋았을까

부디 차가운 이 계절에
누구보다 따뜻하게 피어나 주렴

하얗게 언 바람 품에서
누구든지 따뜻하게 안아 주렴

미완

곱게 흐드러진 문장 속
낱말로 전하는 마음의 걸음걸이에

허공을 거니는 의미들을
뱉는 숨결에 고인 감정들을

아직 마침표가 찍히지 않아

때로는 수없는 공백으로
때로는 견고한 단어로

날아갈 수도
동시에 추락할 수도 있는 것

선명히 그 본질을 감각하며
마음을 담아 드리리다

심연

아무것도 보이지 않는 암흑을 닮은 눈동자
금방이라도 툭 떨어질 듯 맺힌 좌절
시선은 아득한 밑바닥을 쳤다가
차갑게 뱉어낸 불안감은 나를 태웠다

어둠만이 존재하는 가장 낮은 곳에서
한껏 위를 바라보며 시린 탄식을 삼킨다
볼 위로 떨어지는 좌절감이 선을 따라 흐르며
이내 두 눈동자에는 희뿌연 안개만이 담겨 머무른다

\#

오늘 밤 너를 비추는 하늘이 너무나 어두워
아득한 어둠 속에서 움츠리지 말아라

그저 가만히 해가 떠오르기를 기다리지 말고
광활한 어둠 속에서도 빛을 내어라

누구보다 밝게 떠오르는 태양에도
본능처럼 깊고 짙은 밤은 너를 찾아올 것이라

어둠의 파도가 덮쳐도 쓰러지지 않고
파도 속에서 너만의 물결을 치며

넓은 밤을 수영하리

이 밤

각기 다른 벽에 머리를 맞대고 기대어
돌아앉은 채로 서로를 담는
잠 못 이루는 밤

그 벽의 테두리로 새어 전해지는 체온에
같은 온도를 나누며
서서히 눈이 감기는 밤

같은 시간 다른 곳에서
바쁘게 굴러가는 마음이 이상하게 고요해
달아오른 생각이 하늘을 물들이는

이 밤, 수없는 누군가의 밤

담긴 달

지나치는 가로등이 희미하게 깜박거려
무심코 올려다본 어두운 하늘에

하얀 달이 휘영청 홀로 반짝인다

밝은 달빛이 쏟아져 속눈썹에 맺혀
내 눈동자에 가득 담긴 달이 흘러내린다

뚝뚝 떨어지는 달빛이 멈추질 않아
눈을 지그시 감고 빛의 잔상을 지운다

달빛이 눈이 부셔서 흘러내릴 뿐
반짝이던 네가 떠올라서가 아니다

너는 오늘도 하얀 달처럼 반짝였을까
아님 나처럼 달을 눈에 담았을까

꽃송이

일렁이는 꽃 물결 타고
나 오늘은 그대에게 살포시 내려앉아 볼까요

내려앉는 게 싫으시다면
부드런 꽃향기 타고 달게 그대 숨결 속으로 스며들까요

스며드는 것도 싫으시다면
달 밝은 어느 밤 그대를 찾아가

아무도 모르게, 그대마저도 모르게
창문가에서 흩날리기만 해도 될까요

#

나 그대에게 짧은 생을 바칠 수 있어
천천히, 그리고 부드럽게 내려앉을게요.

내가 뱉은 마지막 숨은 그대가 들이마시는 향기가 되고
내가 흩날린 마지막 밤을 그대는 기억하지 못할지라도

필연

당신을 한가득 눈에 담았다
눈에 물기가 어릴 만큼

세상이 들어찬 당신과는 다르게
적막만이 들어찬 텅 비어버린 나는

목구멍에 걸리는 감정을 삼켜버리고
간신히 입꼬리를 올려 보인다

물기 어린 웃음 담담히 젖은 목소리가
내가 당신에게 줄 수 있는 모든 것이라서

이런 우리가 다시 만난다면 우리는 필시 인연이었으리라

쉬운 글

텅 빈 노트에 펜을 고쳐 잡아 봐도
나는 아무것도 쓸 수가 없다

애꿎은 펜을 바꾸고 새로이 노트를 넘겨도
책을 읽고 글을 읽고 눈을 감고 귀를 닫아도

비어버린 노트처럼 그런데 가득 차버린 생각처럼
어딘가 깊게 잠긴 듯이
나는 아무것도 표현할 수 없다
아무 말도 할 수가 없다

잉크 펜

깔끔해 보이고 싶을 때는 얇은 잉크 펜을 쓴다
쓸 때마다 묻어나오는 건지 쏟아지는 건지
잠깐 망설이기만 해도 펜촉에 맺혀버린 잉크 때문에
소중한 마음은 번지기 쉽다

다루기는 어렵지만
정성들여 천천히 눌러쓰는 필기감을 맛보면
쉽게 놓기가 힘들다

조심조심, 번지지 않게
꾹꾹 눌러 쓴 번지지 않은 말들 위에
더도 말고 덜도 말고
진심만을 내려놓고 싶다
깔끔하게

천장

너는 내가 올려다보는 천장
나는 너를 올려다보는 바닥

내겐 한없이 높아 아무리 손을 뻗어도
닿고 싶은데 도무지 닿지가 않아

나는 매일 하얀 널 바라보기만

힘겹게 우리가 맞닿으면
너는 천장이 아니고 나는 바닥이 아니라
우리 둘 사이 숨 쉬는 세상이 사라져

드넓게 평행한 우리는 그렇게
닿지도 못한 채 서로를 마주 보기만

언젠가 끝난 이야기

우리는 이야기의 마지막 한 장을 남겨두고 있었다

너는 망설임 없이 엔딩을 펼쳤고
나는 도망치듯 이야기의 처음으로 향했다

닮은 듯 다른 두 주인공이 처음 만나는 장면으로

다시 이야기를 쭉 훑은 후에야
사실 그러고 나서 한참을 첫 만남에서 머무른 후에야

난 마지막 페이지 없이
이야기가 완성되지 않는다는 걸 알았다

우리는 마지막으로 서로의 손을 잡고
천천히 페이지를 넘겼다

그리고는 붙잡은 두 손으로 책을 닫았다
아마 가끔은 꺼내 볼 그런 책

신호등

건너오지 마
이정도면 많이 기다렸잖아

켜지지 않는 초록불에는 이유가 있고
꺼지지 않는 빨간불에도 뜻이 있겠지

차라리 신호등이 없다면 좋을 텐데
고작 불빛 따위에 굴하지 않고
당장 달려갔을 텐데

하지만 그럴 수 없어서
나는 저 붉은 빛이 두려워
뛰어들 자신이 없다

먼 훗날 우리가 다시 이 자리에
서로를 바라보고 마주 선다면
때맞춰 켜지는 초록불이 우리를 밝히기를

기억의 윤곽

나는 저 어딘가
알 수 없는 슬픔과 마주 보고

기억의 윤곽에 닿아
하얗게 바랜
그 희미한 것들을
기억해내어

알 길 없는 슬픔을 삼키며
하염없이 하얗게 바랜
희끄무레한 눈물은 본다

\#

가장 찬란하게 갖고 싶던 기억이 있었다
아무 것도 손대지 않고 있는 그대로 남겨지기를
바랐었다

고결한 기억에 흠집을 내기 싫었고
더듬으면 흩어질까 꺼내 안으면 부서질까
손도 대지 못하고 두었다

손대지 못한 기억에는 흐릿하게 먼지가 쌓여갔고
나는 아름다운 기억을 망치기 싫다는 핑계로
얇은 먼지조차 털어낼 수 없었다

그날의 기억이
선명하게 구겨진다

월광

하늘마저 깜깜히 잠이든 깊은 밤
밤을 수놓던 별들은 자취를 감추고
따뜻한 달빛만이 흔적을 흘리는 밤

가로등 불빛을 계단 삼아
빛의 온기로 가득 찬 허공을 밟고
이대로 달에게 다가가볼까

서광

어둠마저 쉬이 물러가 진해진 새벽
밤을 수놓던 빛들은 찬란히 사그라들고
뱉어낸 차가운 숨만이 한 줌 사라지는 밤

내쉬어진 숨들을 기류 삼아
새벽의 안온한 냉기로 가득 찬 하늘을 타고
이대로 너에게 흘러가볼까

눈쌓임

덧없이 눈이 쌓여만 간다
눈은 햇빛을 마주하면 금방 녹아버리기라도 하지
차라리 빨리 녹아버렸으면 좋을 텐데

덧없이 네가 쌓여만 간다
햇빛을 받지 못한 그늘진 눈처럼
자꾸 더 단단해져 간다

눈송이는 한가득 손에 쥐어도 물기가 되어 사라지는데
너도 물기만 남기고 도무지 손에 쥐어지질 않는데

왜 너는 나에게 쌓여만 갈까
그렇게 천천히 또 겹겹이 눈송이가 내려앉아
오늘도 네가 쌓여만 간다

\#

지금 여기는 함박눈이 펑펑 내린다
얼마 뒤 이곳에는
슬픈 겨울의 눈은 그치고 벚꽃이 내리겠지

눈이 쌓이듯 꽃잎도 쌓이고
계절 바람에 모두가 뒤섞여 흩날리겠지

그렇겠지

아무것도 하지 않아도 그럴 거야

다 져버릴 계절

다 져버릴 계절에도 꽃이 핀다

설렘이 새파랗게 어린 소생의 봄에도
어떤 꽃들은 이른 봄바람에 눈감고

코끝이 아리게 시린 계절에도
눈송이 내려앉듯 따스히 피어나는 꽃이 있듯이

그렇게
다 져버릴 계절에도 꽃이 핀다
다 져버린 마음에도 꽃이 핀다

희미한 꿈을 선명히 그릴 때까지
우리가 살아갈 수 있는 이유

 사람들이 항상 우리에게 건네는 질문이 있다.
"*넌 꿈이 뭐니?*"
그 질문은 어릴 때는 아주 먼 미래 일처럼 막연하게, 조금
커서는 약간은 부담스럽게도 들렸다. 하지만 나는 늘 여러
가지를 대답으로 내어놓곤 했다. 그중에서도 항상 한 가지
꿈은 변하지 않고 나의 대답이 되었다.

 "*글 쓰는 사람이요.*"

 어릴 적부터 내 꿈 중 하나는 글을 쓰는 사람이었다. 유난
히 책과 서점을 좋아하시던 아버지 밑에서 여러 서점을 돌
아다니며 다양한 책들을 접한 덕분에 자연스럽게 '글'이라는
것은 내 일상 속 하나의 부분으로 자리 잡았다. 몇 층짜리
프랜차이즈 서점, 카페만 한 작은 독립서점까지 책의 종류가
어떻든, 규모가 크든 작든 상관하지 않았다. 단순히 책의 내
용뿐만 아니라 흐릿한 서점 조명, 책장을 넘기는 질감, 묘하

게 은은한 헌 책의 냄새와 갓 나온 새 종이 냄새까지. 그 분위기와 책 그 자체를 나는 사랑했다. 그래서 언젠가는 나도 책을 한번 써보고 싶다는 생각을 했다. 이렇듯 아직도 책 구경하러 서점을 돌아다니는 것은 내 유일무이한 취미이다.

언제나 그렇듯 꿈의 시작은 아주 사소한 것에서부터 시작한다. 본격적으로 글을 쓰고 작가가 되어야겠다고 마음먹었던 것은 중학교 1학년 4월이었다. 우연히 친한 친구를 따라 생각지도 않은 학교의 문예부에 들어가게 되었는데, 문예부에서는 1년 동안 자신의 글을 써서 책을 출판하는 활동을 했다. 그전까지 나에게 있어서 책이란 막연히 '미래에 한 번쯤 써보고 싶었던 것' 정도였다. 항상 작가가 되어 보고는 싶었지만 되지 않아도 큰 아쉬움은 없었다. 안 되면 마는 것. 딱 그 정도의 꿈이었다. 하지만 초등학교를 갓 졸업한 중학생이 직접 책을 출판한다는 것은 그 희미하고 막연한 꿈에 단숨에 생기를 불어넣을 수 있었다. 예상치 못하게 문예부에 들어가게 된 그날, 나는 처음으로 희미한 꿈을 선명하게 채웠다. '작가'라는 꿈이 밥 먹고 글만 쓸 만큼 내 생활을 180도 뒤바꾼 것은 아니었지만, 적어도 90도는 바꾸지 않았나 생각한다. 2019년의 4월부터 지금까지, 내 머릿속에서는 단 하루도 글감이 떠나간 적이 없다. 학원 숙제에 열중해 수학 문제를 풀다가도, 친구들 틈에 섞여 정신없이 웃고

떠들다가도, 일상 속에서 아주 작은 공백이라도 생기면 어김없이 내 상상 속 이야기들을 흩뿌렸다.

글을 쓰기 시작하면 아주 일상적이고 사소한 것들이 새로운 시각에서 잡힌다. 매일 걷던 등굣길이 다르게 보이고, 항상 보던 하늘이 왠지 계속 눈에 밟힌다. 내가 글을 쓰는 것을 잘했다고 생각하는 가장 큰 이유이기도 하다. 아주 작게만 여겨지던 것들이 글을 쓸 때는 무엇보다도 크고 깊게 나에게 스며들어왔다. 오롯이 그것의 본질을 느낄 수 있는 시간. 그래서 나는 글이 좋다. 이것이 내가 전에도, 지금도, 앞으로도 계속 글을 쓰고 싶은 이유이다.

또 글을 쓰기 시작하면서 생긴 습관이 있다. 무엇이든 기록하는 것. 특히 메모하는 습관이 생겼는데, 메모장 앱이라고는 몇 장 쓰지도 않던 내가 메모장에 글들과 영감들로 1년 동안 거의 400장의 메모를 채웠다. 사진도 전보다 훨씬 자주 찍게 되었다. 하늘 사진은 거의 하루에 두세 번 꼴로 찍는 것 같다. 지금도 어떤 것을 보고 느끼면 카메라부터 들이대는 습관이 생겼다. 덕분에 나의 사진첩에는 나도 모르는 나의 이야기들이 항상 가득하다. 이 기록들은 글에 정말 많은 영감을 주기 때문에 정말 소중한 내 자산들이다.

나의 첫 책으로 성장 소설, 자기계발서 등 많은 시도를 했지만 역시나 내가 가장 좋아하는 것은 시다. 누구나 부담감

없이 가볍게 쓸 수도 있고, 깊은 감정에 빠져 한없이 무겁게 던지는 말들로 진중하고 무게감 있게 쓸 수도 있는 글. 소설이나 수필 같은 줄글들과는 다르게 비교적 짤막해 언제 어디서 어떤 매개체로든 꺼내 곱씹을 수 있는 것. 가장 짧지만, 독자들로부터 가장 많은 생각을 불러일으키는 것. 시의 중간마다 들어 있는 공백들 사이로 담긴 마음을 유추하기도 하고 온전히 녹아들어 그 감정을 고스란히 느끼는 것은 나에게 형용할 수 없는 기쁨이었고 경이였다. 물론 전지적 시 러버(lover) 나에게 한해서.

내 첫 책으로는 역시나 시집을 썼다. 100쪽도 되지 않는, 사실 최소 작성 제한인 50페이지를 간신히 넘기는 가벼운 책이지만, 나에게 있어서는 나 자신이 고스란히 담긴, 그 어떤 책보다도 무거운 책이다. 내 책에서 내가 가장 좋아하는 글은 시집 제목에도 올려놓은 글, '밤하늘이 반짝이는 이유'이다. 밤하늘이 반짝이는 이유는 별들이 같은 하늘에 함께 떠 있기 때문이고, 밤하늘이 그것들을 빛내줄 만큼 아주 어둡기 때문에 빛날 수 있다는 내용인데, 이것은 우리들의 다양한 관계를 생각하면서 썼다. 우리는 절대 세상을 혼자서 살아갈 수 없고, 하늘의 별들처럼 이름도 생김새도 자라온 환경도 모두 다르지만 한 하늘에 공존하면서, 하나의 세상에 공존하면서 별들이 함께 반짝이듯 함께 살아간다는 의미를 담고 있다.

 최근에는 나만 보고 읽던 글들을 사람들과 나누고 싶어서 SNS를 시작했다. 고심해서 한 자 한 자 쓴 글들을 올리고 사람들과 의견을 나누는 것은 혼자 상상하고 생각하며 글을 쓰는 것보다 훨씬 좋다. 다른 환경에서 자라온 사람들은 나와 정반대의 해석을 하기도 하고, 같은 경험을 한 사람들은 나에게 공감해주기도 한다. 뭐든 좋다. 정반대의 해석을 읽으며 이렇게도 표현할 수 있겠구나 생각하는 것도, 공감해주는 사람들의 칭찬을 들으며 괜히 기분이 좋아지는 것도. 가끔은 비판을 받으며 내 글을 고쳐나가는 것도. 모두 너무 큰 도움이 된다. 그래서 앞으로도 꾸준히 사람들과 글을 나누고 싶다.

 SNS 활동을 하면서 작가님이라는 호칭을 많이 들었는데, 작가라는 호칭을 들을 때마다 기분이 좋다. 열네 살 평범한 중학생이었던 내가 작가라는 칭호를 들어도 될지 아직은 좀 머쓱하지만 그래도 기분은 좋다. 나는 글을 쓰는 우리 모두에게 작가라는 타이틀을 붙여 주고 싶다. 글을 쓴다는 것은 가벼워 보일지 몰라도 생각보다 많은 용기가 필요하다. 공유하는 것은 더더욱. 그러니 글을 쓰는 우리는 모두 당당히 '작가'라고 불릴 자격이 있다.

 간혹 10대들이 책을 읽을 때 몇몇 청소년 문학에서 이질감을 느껴본 적이 있을 것이다. 책에서 묘사한 내용이 실제 우리의 모습과 다른 부분들이 있어 어색하기 때문이다. 개인적인 바람이지만 나는 10대 작가들이 지금보다 훨씬 더 많아지면 좋겠다. 누구도 따라 할 수 없는 자기들만이 가진 이야기와, 목소리와, 섬세한 감정들은 어떤 베테랑 작가라도 그들만큼 사실적으로 묘사할 수 없으리라 생각한다. 조금은 투박하고 문단 구성이 엉망이어도, 오직 10대만, 10대의 자신만이 쓸 수 있는 작품. 나는 그들과 더 많이 공유하고 소통하고, 교감하고 싶다.

내가 좋아하는 시집 중 하나인 '파도 아래 선한 눈'에 실린 구절로 이번 글을 마무리하고 싶다. *"공백처럼 가벼이 오는 것들도 결코 공백인 적 없다."* 꿈은 때로는 아주 일상적이고 사소한 순간의 감정이다. 가벼이 오는 꿈도 그 밀도와 무게는 절대 가볍지 않다. 그 사소한 감정을 이끌어내는 것. 우리가 밤을 새워 공부하는 이유는, 아무리 고단해도 하루를 살아낼 수 있는 이유는 결국 꿈 때문이 아닐까. 막연하여서 더욱 아름답고 찬란한, 그 가볍고도 묵직한 것은 언제나 그렇듯 꿈꾸는 우리를 너무나도 가슴 뛰게 한다. 그렇기에 우리는 또 오늘을 살아갈 수 있는 것이 아닐까? 내가 지금 이 글을 쓰면서 설레는 것처럼.

닫는 글

나의 두 번째 책을 끝마쳤다. 학교 문예부로서는 마지막 책이다. 편집으로 고통받을 때는 도대체 언제 끝나나 했는데 막상 마지막 글을 쓰려니 시원섭섭한 마음이다.

다시 한 번 느끼는 거지만 글을 쓰고 책을 내는 것은 결코 쉬운 일이 아니다. 시 하나를 쓰는 데도 수많은 망설임이 필요하고 쓴 글을 편집하는 것도 여간 정성들이는 게 아니다.

하지만 그 모든 고통을 잊게 해줄 만큼 종이로 만져지는 나의 글들은 참 소중하다. 휴대폰 메모장으로 볼 때와는 또 다른 느낌이다.

이번 책에는 지난 2년 동안 내가 느낀 모든 것들을 최대한 담아내려 노력했다. 글을 쓰기 시작하면서 보고 듣고 느끼는 모든 것에서 글감을 떠올리는 습관이 생겼는데 어떤 문장들은 갑자기 머리를 세게 치듯 떠오르곤 한다. 만화책이나 애니메이션에서 보는 것처럼 머리 위에 느낌표가 뜨는 느낌이다. 첫 책을 쓸 때는 이런 느낌이 없었는데 이번에는 이렇게 반짝 떠오른 문장들이 많았다. 나는 이것을 내가 점점 작가의 모습에 가까워지고 있다는 신호로 여기기로 했다.

나는 향기를 담아낼 수 있는 작가가 되고 싶다. 무심코 맡은 향기가 어떤 날의 기억을 생생히 일깨워주는 것처럼 모르고 지나쳤을 우리의 수많은 감정을 일깨워주는 그런 작가가 되고 싶다.

지난 3년 동안 문예부는 나의 크고 작은 변환점 중 하나이자 꿈의 실현이었다. 처음으로 작가라는 꿈을 그릴 수 있도록 해주었고 아직은 많이 부족하지만 꿈을 이뤄볼 수도 있었다. 글을 쓰는 재미를 느끼게 해주었고, 창작의 고통도 느끼게 해주었으며 불투명하기만 한 나의 감정들을 글로써 표현할 수 있도록 해주었다. 내가 중학생 작가가 될 수 있게 도와준 문예부 정말 감사합니다. 이번에 첫 장 하늘 삽화 그려준 나은아 고마워!

끝으로 내게 영감을 주는 나의 사람들 그리고 내 글을 읽어주시는 모든 분들 항상 감사합니다.

이 책을 마무리하고 또 언제 만나게 될 지는 확실하지 않지만 다시 만날 수 있기를 바랍니다.

2021년 9월, 깜깜한 새벽 두 시의 하늘을 보면서.